CLAUDINE

NOUVELLE

SAVOYARDE.

(12)

CLAUDINE

NOUVELLE SAVOYARDE;

ORNÉE DE 4 FIGURES.

MONTBÉLIARD,

LIBRAIRIE DE DECKHERR FRÈRES.

CLAUDINE,

NOUVELLE SAVOYARDE.

———

CLAUDINE était fille du vieux Simon, laboureur *au Prieuré* (1). Ce Simon, que j'ai bien connu, puisqu'il n'est mort que depuis deux ans, était le syndic de notre paroisse. Tout le monde le respectait à cause de sa probité. Mais son caractère était naturellement sévère ; il ne se passait rien à lui-même ; et ne passait pas grand'chose aux autres : on le craignait autant qu'on l'estimait. Celui de nos habitans qui aurait eu dispute avec sa femme, ou bu quelques coups de trop le dimanche, n'aurait pas osé parler à Simon de toute la semaine. Nos petits enfans ne faisaient pas de bruit quand il passait ; ils lui ôtaient bien vite leurs chapeaux, et ne recommençaient leurs jeux que lorsque M. Simon était loin.

Simon était demeuré veuf de Magdelaine sa femme, qui lui avait laissé deux filles. Nanette, l'aînée, était assez bien de figure ; mais Claudine, la cadette, était un ange pour la beauté. Son joli visage rond, ses beaux yeux noirs remplis d'esprit, ses grands sourcils, sa petite bouche qui ressemblait à une cerise,

_____

(1) Principal village de la vallée de Chamouny.

son air d'innocence et de gaieté, lui faisaient des amoureux de tous les jeunes garçons
de notre village ; et, quand elle venait danser
le dimanche avec son juste de drap bleu serré
sur sa taille fine, son chapeau de paille garni
de rubans, et son petit bonnet rond qui pouvait
à peine contenir ses longs cheveux, c'était
à qui retiendrait son tour pour danser avec
Claudine.

Claudine n'avait que quatorze ans ; sa sœur
Nanette en avait dix-neuf, et demeurait toujours à la maison pour prendre soin du ménage.
Claudine, comme la plus jeune, allait garder
le troupeau sur le Montanverd ; elle portait son
dîner, sa quenouille, et passait sa journée à
filer, à chanter, ou à jaser avec les autres ber-
gères ; le soir, elle revenait chez Simon, qui,
après le souper, lisait à ses filles quelque his-
toire de la Bible, leur donnait sa bénédiction ;
et tout le monde allait dormir.

Dans ce temps-là les étrangers commen-
cèrent à venir visiter nos glaciers. Un jeune
Anglais, nommé M. Belton, fils d'un riche né-
gociant de Londres, en passant à Genève
pour aller en Italie, eut la curiosité de faire le
voyage de Chamouny. Il vint descendre chez
madame Couteran (1) ; et le lendemain, à quatre heures du matin, il monta le Montanverd
pour aller voir la mer de glace, conduit par
mon frère Michel, qui maintenant est le doyen

_____

(1) C'est le nom très-connu de la maîtresse de la
plus ancienne auberge de Chamouny.

des guides. Il en revenait vers les onze heures,
et se reposait comme nous à cette même fon-
taine, quand Claudine, qui gardait par là ses
moutons, le voyant fort échauffé, vint lui of-
frir des fruits et du lait qu'elle avait pour son
dîner. L'Anglais la remercia, la regarda beaucoup, causa quelque temps avec elle, et voulut lui donner cinq ou six guinées, que Claudine refusa : mais la pauvre Claudine ne refusa
point de mener M. Belton voir son troupeau
qu'elle avait laissé parmi ces grands arbres.
L'Anglais pria son guide de l'attendre, et s'en
fut avec Claudine. Il y demeura deux bonnes
heures. Vous dire la suite de leur conversation,
c'est ce que je ne pourrais pas, puisque personne
ne les entendit. Il suffit que vous sachiez que
M. Belton partit le même soir, et que Claudine, en revenant chez son père, était pensive,
rêveuse, assez triste, et portait au doigt un
beau diamant vert, que l'Anglais lui avait donné. Sa sœur lui demanda d'où venait ce diamant, Claudine répondit qu'elle l'avait trouvé. Simon, d'un air mécontent, prit aussitôt
la bague, et la porta lui-même chez madame
Couteran, afin qu'on découvrît la personne
qui l'avait perdue. Aucun voyageur ne la ré-
clama. M. Belton était déjà bien loin; et
Claudine, à qui l'on rendit le diamant, devint chaque jour plus triste.

Cinq ou six mois se passèrent. Claudine, qui
tous les soirs rentrait avec les yeux rouges, prit
enfin le parti de se confier à sa sœur Nanette.

Elle lui avoua que, le jour où elle avait rencontré M. Belton sur le Montanverd, M. Belton lui avait dit qu'il était amoureux d'elle, qu'il voulait s'établir à Chamouny, pour ne plus la quitter et pour l'épouser. Moi, je l'ai cru, ajouta Claudine; il me l'a juré plus de cent fois; il m'a dit que ses affaires le forçaient de retourner à Genève; mais qu'avant quinze jours il serait ici; qu'il y achèterait une maison; que notre mariage se ferait tout de suite. Il s'est assis près de moi, m'a embrassée en m'appelant sa femme, et m'a donné cette belle bague, comme l'anneau des mariés. Je n'ose pas vous en raconter davantage, ma sœur : mais j'ai de grandes inquiétudes; je suis malade, je pleure toute la journée, et j'ai beau regarder le chemin de Genève, M. Belton ne revient point.

Nanette, qui venait de se marier, pressa de questions la pauvre Claudine. Elle apprit enfin, après bien des larmes, que l'Anglais avait indignement trompé cette simple et malheureuse fille, et que Claudine était grosse.

Comment faire? Comment annoncer ce malheur au terrible M. Simon? Le lui cacher était impossible. La bonne Nanette n'augmenta point le désespoir de sa sœur par des reproches inutiles; elle chercha même à la consoler, en lui faisant espérer un pardon qu'elle savait bien qu'on n'obtiendrait pas. Après avoir réfléchi long-temps avec elle, Nanette, d'après son consentement, alla trouver notre bon curé, lui confia tout sous le secret, et le supplia

M. Belton donne un diamant à Claudine.

d'instruire son père, de l'adoucir, de lui faire
voir que la faute de Claudine était le crime du
méchant Anglais; de prendre enfin tous les
moyens de sauver l'honneur ou du moins sa vie
à la pauvre malheureuse. Notre curé, fort
triste de cette nouvelle. se chargea pourtant
de l'annoncer, et se rendit chez Simon à l'heure
où il était sûr que Claudine était sur le Montanverd.

Simon, selon sa coutume, lisait l'ancien
Testament. Votre bon curé s'assit près de lui,
parla des belles histoires qui se trouvent dans
ce divin livre, admira sur-tout celle de Joseph
lorsqu'il pardonne à ses frères, celle du grand
roi David lorsqu'il pardonne à son fils Absa-
lon, et d'autres que je ne sais point, mais
que M. le curé sait. Simon était de son avis.
M. le curé lui disait que Dieu nous a voulu donner ces exemples de miséricorde, afin qu'en
étant doux et miséricordieux envers nos frères
comme Joseph, envers nos enfans, comme
David, nous méritions de trouver aussi la même compassion dans notre père commun. Tout
cela était arrangé bien mieux que je ne l'arran-
ge: mais vous comprenez que notre curé pré-
parait petit à petit le vieillard à la mauvaise
nouvelle. Simon fut long-temps à l'entendre:
il l'entendit à la fin, et se levant aussitôt, pâ-
le, tremblant de colère, il sauta sur le fusil
avec lequel il tuait les chamois, pour aller tuer
sa fille. Le curé se jeta sur lui, le désarma,
le retint; et tantôt lui parlant avec force de

ses devoirs de chrétien, tantôt l'embrassant, le plaignant, le serrant contre sa poitrine; il fit tant, que le vieux Simon, qui jusqu'alors avait eu les yeux secs, les lèvres blanches, tout le corps tremblant, retomba dans son fauteuil, avec ses deux mains sur son front, et se mit à fondre en larmes.

Le curé le laissa pleurer quelque temps sans lui rien dire; ensuite il voulut raisonner avec lui des mesures que l'on pouvait prendre pour sauver l'honneur de Claudine. Mais Simon l'interrompit : Monsieur le curé, lui dit-il, on ne sauve point ce qui est perdu; chaque moyen que nous prendrions nous rendraient coupables nous-mêmes, par les mensonges qu'il faudrait faire. Cette malheureuse ne doit plus rester ici; elle y serait le scandale de tous et le supplice de son père : qu'elle s'en aille, monsieur le curé; qu'elle vive; puisque l'infame peut vivre, mais que moi je meure loin d'elle; qu'elle parte aujourd'hui même; qu'elle sorte de notre pays, et que jamais elle ne se présente devant mes cheveux blancs qu'elle a déshonorés.

M. le curé voulut essayer de fléchir Simon; ses efforts furent inutiles. Simon répéta l'ordre positif de faire partir Claudine. Notre bon curé s'en allait tristement, lorsque le vieillard courut après lui, le ramena dans sa chambre, ferma la porte, et, lui remettant une vieille bourse de peau remplie d'une cinquantaine d'écus: Monsieur le curé, lui dit-il, cette malheureuse va manquer de tout : donnez-lui ces cinquante écus , non pas de ma part , gardez-vous en bien , mais comme une charité de vous : dites-lui que c'est le bien des pauvres que la compassion vous fait donner au crime ; sur-tout ne parlez pas de moi... Et si vous pouviez écrire à quelqu'un pour lui adresser , lui recommander... Je connais votre humanité ; je ne veux ni rien vous dire , ni rien savoir.

Ce curé ne lui répondit qu'en serrant sa main. Il courut rejoindre Nanette , qui l'attendait dans la rue , plus morte que vive. Rentrez, lui dit-il , rentrez dans la chambre de votre sœur ; faites un paquet de toutes ses hardes ; prenez tout généralement , et venez l'apporter chez moi : je ne puis vous parler que là. Nanette obéit en pleurant : elle se douta bien de ce qui arrivait , et mit dans le paquet de Claudine ses propres habits , son linge , avec le peu d'argent qu'elle possédait. Elle revint ensuite chez notre curé , qui lui raconta son entretien avec Simon ; lui remit une longue lettre pour le curé de Salenches , et lui dit :

Ma chère enfant, aujourd'hui même il faut conduire votre sœur à Salenches : vous lui direz ce qui s'est passé. Il est inutile que je la voie ; mon ministère m'obligerait à lui faire des reproches qui seraient trop cruels dans ce moment. Vous lui remettrez cette bourse , à laquelle je vais joindre quelques écus de mes épargnes ; vous lui donnerez cette lettre pour mon confrère le curé de Salenches ; vous la

mènerez jusqu'à son presbytère, où il n'est pas
nécessaire que vous entriez; vous reviendrez
ensuite auprès de votre père, qui a besoin de
vous, mon enfant, de vous, dont la sagesse et
la vertu adouciront, je l'espère, les chagrins
que lui donne votre sœur. Allez, ma fille,
partez tout-à-l'heure, nous nous reverrons
demain.

Nanette, en soupirant, prit le paquet, la
lettre, la bourse, et s'en alla sur le Montanverd, Elle trouva Claudine couchée par terre,
pleurant et se désolant. Nanette lui ménagea
tant qu'elle put les ordres qu'elle apportait:
mais quand Claudine, fut instruite qu'il fallait
s'en aller sur-le-champ, elle poussa des cris
horribles, s'arracha les cheveux, se meurtrit le
visage en répétant toujours: Je suis chassée;
mon père me donne sa malédiction: tuez-moi,
ma sœur, tuez-moi, ou je me jette dans ce
précipice.

Nanette l'embrassait et la contenait. Elle fut
plusieurs heures à la calmer, en lui donnant
l'espérance que Simon s'apaiserait un jour,
en lui promettant de l'aller voir souvent, de ne
jamais l'abandonner. Enfin elle décida Claudine à partir; et toutes deux, à la nuit tom-
bante, prirent le chemin de Salenches, en
évitant de passer par notre village, où, malgré l'obscurité, la pauvre Claudine aurait
cru que tout le monde lisait sa faute sur son
front.

La route fut triste, comme vous pensez;

elles n'arrivèrent qu'au point du jour. Nanette ne put se résoudre à paraître avec sa sœur devant M. le curé de Salenches. Elle fit ses adieux à Claudine avant d'entrer dans la ville, la tint long-temps serrée contre son sein, lui remit tout ce qu'elle avait pour elle, et la quitta presque aussi désolée que sa malheureuse sœur.

Dès que Claudine se vit seule, tout son courage l'abandonna. Elle alla se cacher dans la montagne, et y passa la journée sans prendre aucune nourriture, résolue de se laisser mourir. Cependant, quand la nuit fut venue, elle eut peur, et s'achemina vers la ville, où elle demandait à voix basse la maison de M. le curé. On la lui indiqua Elle frappa doucement, une vieille gouvernante vint lui ouvrir.

Claudine s'annonça de la part de M. le curé du Prieuré. La gouvernante la conduisit aussitôt vers son maître, qui soupait dans ce moment, tout seul au coin de son feu. Claudine, sans oser lever les yeux, sans oser dire une parole, lui remit sa lettre en tremblant; et, tandis que le curé lisait en se rapprochant de sa lumière, la pauvre fille couvrit son visage de ses deux mains, et se mit à genoux près de la porte.

M. le curé de Salenches est un brave et digne homme; toute sa paroisse le chérit et le respecte comme un père. Quand il eut fini la lettre, et qu'en retournant la tête il vit cette jeune fille à genoux toute baignée de larmes, il se mit à pleurer aussi. Il la releva, loua son repentir, lui fit espérer le pardon d'une faute qui lui causait tant de douleur, la força de manger malgré ses refus ; et, rappelant sa gouvernante qui était sortie, il la chargea de préparer un lit pour Claudine. Claudine, tout étonnée de voir quelqu'un qui ne la méprisait pas, lui baisait les mains sans répondre, et baisait celles de la gouvernante, qui s'empressait de la faire souper. Le curé, assis près d'elle, lui parlait avec amitié, ne disait pas le moindre mot qui pût lui rappeler son malheur : il demandait des nouvelles du bon curé son confrère ; il racontait les bonnes actions que ce digne pasteur avait faites, et se plaisait à répéter que la plus belle comme la plus douce fonction de leur ministère était de consoler les malheureux et de ramener les cœurs égarés. Claudine l'écoutait avec un respect, avec une reconnaissance, qui l'empêchaient de manger ; elle le regardait avec des yeux pleins de larmes ; il lui semblait voir un ange du ciel que Dieu lui envoyait pour la relever. Quand son souper fut fini, la gouvernante vint l'avertir que sa chambre était prête. Claudine alla se coucher bien plus calme : elle ne dormit pas, mais du moins elle reposa.

Dès le lendemain au matin, le bon curé courait Salenches pour trouver un petit logement où Claudine pût accoucher. Une vieille femme qui vivait seule, et qui s'appelait madame Félix, offrit une chambre en promettant le secret. Claudine y vint à la nuit. Le curé voulut

payer de son argent trois mois de la pension
d'avance; et madame Félix convint avec lui
de faire passer Claudine pour une de ses nièces
mariée à Chambéry. Tout fut arrangé. Il
était grand temps ; car la fatigue du chemin,
les peines, les agitations qu'avait éprouvées
Claudine, lui donnèrent des douleurs dès le
même soir. Quoiqu'elle ne fût grosse que de
sept mois, elle accoucha d'un garçon beau
comme le jour, que madame Félix tint sur
les fonts de baptême, et qu'elle nomma Benjamin.

Le curé voulait tout de suite envoyer cet
enfant en nourrice : mais Claudine le pria tant,
lui dit avec tant de pleurs qu'elle aimait mieux
mourir que d'être séparée de son petit Benjamin, qu'il fallut le lui laisser, du moins pour
les premiers jours ; et, quand ces premiers
jours furent passés, la tendresse de la mère
pour son fils se trouva plus forte. Le curé parla
raison, lui représenta qu'elle rendait impossible son retour à Chamouny, sa réconciliation
avec son père. Claudine l'écoutait en baissant
les yeux, et ne répondait à tout cela qu'en
embrassant Benjamin.

Le temps s'écoula. Claudine achevait sa
nourriture, et demeurait toujours chez madame Félix, qui l'aimait de tout son cœur. Des
cinquante écus de son père, ceux que Nanette
avait mis dans le paquet, suffisaient pour payer
sa pension Cette bonne Nanette n'osait point
venir voir sa sœur à Salenches ; mais elle por-

tait tout ce qu'elle pouvait économiser chez notre curé, qui le faisait passer à son confrère.
Ainsi Claudine ne manquait de rien : il lui fallait si peu de chose ! Elle ne sortait jamais que
les dimanches pour aller à la première messe.
Le reste du temps elle le passait avec son fils et
la vieille, qui, ayant été autrefois maîtresse
d'école à la Bonne-Ville, apprit à Claudine à
bien lire, à bien écrire, et lui donna une sorte
d'éducation. Claudine enfin n'était pas malheureuse ; le petit Benjamin était charmant :
mais ce bonheur ne pouvait pas durer.

Dix-huit mois se passèrent. Benjamin mar-
chait déjà tout seul. Claudine avait si bien
profité des instructions de la bonne madame
Félix, qu'elle se trouvait en état d'instruire un
jour elle-même son fils. Ce fils devenait de plus
en plus aimable. Claudine ne pouvoit se lasser
de l'admirer; elle n'était occupée que de lui ;
elle ne songeait qu'à l'aimer, quand le curé de
Salenches vint la trouver un matin.

Ma chère fille, lui dit-il, lorsque je vous ai
recueillie, lorsque j'ai couvert votre faute du
manteau de la charité, mon projet était de
mettre votre enfant en nourrice, de le faire
élever dans un village, et de lui donner ensuite les moyens de gagner sa vie. J'espérais,
pendant ce temps, apaiser la colère de votre
père, l'engager à vous reprendre dans sa maison, où votre repentir, votre modestie, votre amour pour la sagesse et le travail, lui au-
raient fait oublier les chagrins que vous lui

causâtes. Cette conduite était la seule raison-
nable, la seule qui pût vous rendre l'amitié de
votre père et l'estime de vos amis. Vous seule
vous y opposez ; votre tendresse passionnée
pour votre fils, votre résolution de ne jamais
le quitter, vous exilent à jamais de la maison
paternelle. Comment voudriez-vous que Simon vît cet enfant ? Que pourrait-il être à ses
yeux, à ceux de tout votre village, qu'un sujet éternel de honte et de douleur ? Vous avez
assez de raison, assez de cœur, assez d'esprit,
pour sentir qu'il faut renoncer à votre enfant,
ou à votre père, à votre famille, à votre
pays. Je lis dans vos yeux que votre choix est
fait : mais je dois vous représenter que vous
ne pouvez pas rester ici toute la vie chez une
pauvre et bonne femme qui vous est tendre-
ment attachée, je le sais, qui vous demandera
peut-être de ne jamais vous séparer d'elle,
mais à qui son indigence ne permet pas de
vous garder pour rien. Je ne puis moi-même
vous continuer les faibles secours que je vous
ai donnés, parce qu'ils sont le bien de tous les
malheureux, et qu'après avoir rempli vis-à-
vis de vous les devoirs que me prescrivait votre situation, je serais coupable d'abandonner
les autres infortunés pour satisfaire un amour
que j'excuse, qui m'attendrit, mais que je ne
dois pas encourager. Vous me répondrez que
vous pouvez vivre avec l'argent que votre sœur
vous fait passer. Mais cet argent est pris sur sa
subsistance, sur celle de sa famille et de son

mari. Nanette travaille à la terre, tandis que
vous caressez Benjamin ; Nanette vous envoie
le fruit de sa peine, et Nanette n'a point fait
de faute. Je le demande à votre cœur, ma
chère fille, devez-vous recevoir long-temps
ces bienfaits ? Il ne vous resterait qu'une res-
source ; ce serait de vous mettre en service,
soit à Genève, soit à Chambéry. A votre
âge, avec votre figure, entourée peut-être de
mauvais exemples, ce parti vous exposerait à
bien des périls. D'ailleurs, je doute qu'avec un
enfant que vous ne voulez pas quitter, vous
trouviez des maîtres qui vous reçoivent. Pensez
à toutes ces considérations, réfléchissez-y mû-
rement : je vous donne deux jours. Vous me
direz à quoi vous êtes déterminée ; et je vous
promets de faire encore pour vous tout ce qu'il
me sera possible de faire.

Après ce discours, le curé sortit, laissant
Claudine dans une grande incertitude et dans
une affliction plus grande. Elle sentait la vé-
rité de tout ce que le sage curé venait de lui
dire ; elle sentait encore mieux qu'il lui serait
impossible de vivre sans Benjamin. Elle passa
toute la journée et toute la nuit à chercher, à
rouler dans sa tête les moyens de ne plus être
à charge à sa sœur et de ne pas quitter son fils.
Enfin elle prit un parti qui pouvait avoir ses
dangers, mais qui du moins accordait tout ;
et décidée à le suivre, elle se leva dès le point
du jour pour écrire ce billet au curé :

« MON CHER BIENFAITEUR,

« J'ai bien du chagrin de ne pouvoir m'ac-
« quitter de tout ce que je vous dois par une
« soumission égale à ma reconnaissance pour
« vous. Le bon Dieu sait que, s'il ne fallait
« que donner ma vie pour que vous fussiez
« content, je ne serais pas si malheureuse.
« Mais quelle différence de mourir ou de
« quitter Benjamin ! Je ne le peux pas, mou-
« sieur le curé ; j'ai essayé tout ce que j'ai de
« forces : ne me haïssez point, je ne le peux
« pas. Je ne veux plus être à charge à ma
« pauvre sœur, ni à la bonne madame Félix,
« ni à vous qui avez tant fait pour moi. Quand
« cette lettre vous arrivera, je serai déjà loin
« de Salanches, et je n'y reviendrai plus. J'ai
« trouvé des moyens de vivre sans être au
« service de personne ; sans risque d'aban-
« donner jamais la vertu, que vous m'avez
« tant fait aimer. Soyez tranquille sur ce point,
« mon cher bienfaiteur. Je m'en vais sans en
« instruire la bonne madame Félix ; elle vou-
« drait me retenir, je n'aurais pas le courage
« de la refuser. Je laisse dans le tiroir de ma
« petite table de noyer quarante-cinq livres
« que je lui dois pour le quartier qui va finir.
« Je vous prie de les lui donner, en lui disant
« bien que je la regretterai et la bénirai tou-
« jours. Quand à vous, mon cher bienfaiteur,
« c'est le bon Dieu qui vous bénira, car vous
« êtes son image sur la terre ; et, après lui

« c'est vous que j'honore, que je respecte, et
« que je chéris le plus.

« CLAUDINE. »

Après avoir cacheté cette lettre, elle la laissa
sur la table, fit son paquet, mit dans un mouchoir une vingtaine d'écus qui lui restaient ; et,
portant Benjamin dans ses bras, elle sortit de
Salenches.

Elle prit le chemin de Genève, alla coucher
à la Bonne-Ville, parce que le petit Benjamin
ne lui permettait pas d'aller vite. Le second
jour, elle vint à Genève. Son premier soin fut
d'y vendre tout ce qu'elle avait de hardes, de
linge, et d'acheter, avec ce qu'elle en put tirer,
trois chemises d'homme, des souliers plats,
des culottes, un gilet, une veste de drap
brun, un mouchoir de soie et un bonnet rouge.
Elle coupa ses beaux cheveux noirs, qu'elle
vendit à un perruquier, se fit un havresac de
peau de veau, dans lequel elle mit son bagage.
Elle ôta de son doigt le beau diamant vert
qu'elle n'avait jamais quitté, le passa dans un
cordon qu'elle suspendit à son cou, et le cacha
sous sa chemise. Ainsi vêtue en petit Savoyard,
un gros bâton à la main. le havresac sur les
épaules, et Benjamin assis par-dessus le havresac, joignant ses petites mains sous le menton
de Claudine, elle sortit de Genève en deman-
dant la route de Turin.

Elle mit douze jours à traverser les monta-
gnes, sans qu'il lui arrivât aucun accident :

au contraire, dans les auberges où elle dînait et couchait, l'âge, la figure du petit Savoyard, cet enfant qu'il portait sur le dos, et qu'il appelait son frère intéressaient tout le monde. Partout on traitait bien les petits voyageurs; et quand Claudine payait le matin, on lui demandait moitié moins qu'aux autres: quelquefois même on n'exigeait d'elle que de chanter la fameuse chanson des vielleuses de son pays. Claudine alors, sans se faire prier, d'une voix douce et sensible, commençait ainsi cet air si connu, dont elle avait un peu changé les paroles.

> Pauvre Jeannette,
> Qui chantait si bien,
> 　　Lairette,
> 　Triste et seulette,
> Tu ne dis plus rien.
> 　Las ! je soupire
> Loin de mon ami :
> 　Ne sais rien dire
> A d'autre qu'à lui.
>
> 　Jeune et fillette,
> Ne peux-tu changer ?
> 　　Lairette :
> 　Crois-moi, Jeannette,
> Choisis un berger.
> 　Le roi lui-même
> Aurait un refus :
> 　Du jour qu'on aime,
> On ne choisit plus.

Le voyage de Claudine ne fut pas cher. Lorsqu'elle fut arrivée à Turin, il lui restait encore de l'argent; elle loua une petite

Claudine déguisée en Savoyard porte sur son dos son cher Benjamin.

chambre sous les toits, dans un cabaret; elle
acheta le peu de meubles qu'il lui fallait, une
sellette, des brosses, une bouteille d'huile;
et, suivie de Benjamin qui ne la quittait jamais, elle alla sous le nom de Claude, s'établir dans la place du Palais-Royal, pour dé-
crotter les passans.

Les premiers jours ne lui valurent pas grand'-
chose, parce qu'elle s'y prenait assez mal, et
qu'elle mettait beaucoup de temps à gagner un
sou; mais bientôt elle devint habile, et l'ouvrage alla beaucoup mieux. Claude, intelli-
gent, alerte, dispos, faisait les commissions
du quartier. Benjamin, pendant ses absences,
s'asseyait sur la sellette et la gardait. S'il y
avait une lettre, un paquet à porter, une
caisse à monter dans une chambre, des bou-
teilles à descendre à la cave, on appelait Claude
de préférence. Tous les domestiques, tous les
portiers, toutes les cuisinières paresseuses,
l'avaient pris pour leur homme de confiance;
et le soir, Claude rapportait souvent chez lui
plus d'un écu qu'il avait gagné. Ce gain suffi-
sait de reste à son entretien, à celui de Benjamin, qui grandissait à vue d'œil, devenait
tous les jours plus beau, et se faisait caresser de
tout le monde.

Cette vie assez heureuse durait depuis plus de
deux ans, lorsqu'un jour Claudine et son fils,
étant sur la place du Palais-Royal, et baissés
à terre tous deux pour arranger leur sellette,
virent un pied se poser dessus. Claudine aussi-

tôt prend sa brosse ; et, sans regarder le maître du soulier, elle commence promptement son ouvrage. Quand le plus difficile fut fait, elle lève la tête.... Sa brosse lui tombe des mains ; elle demeure saisie : c'est M. Belton qu'elle a reconnu. Le petit Benjamin, qui, n'avait point de distraction et qui ne reconnaissait personne, relève aussitôt la brosse tombée, et d'une main faible encore, veut continuer à la place de Claudine, qui restait toujours immobile, les yeux attachés sur le jeune Anglais. M. Belton étonné demanda à Claudine ce qui l'arrête, et rit des efforts de l'enfant, dont la figure lui plaît. Claudine reprend alors ses esprits, s'excuse auprès de M. Belton avec une voix si douce, avec des paroles si bien dites, que l'Anglais, plus surpris encore, fait des questions à Claudine sur son pays et sur son sort. Claudine répond d'un air calme que son frère et lui sont deux orphelins occupés de gagner leur vie au métier qu'il leur voit faire, et qu'ils sont nés tous deux dans la vallée de Chamouny. Ce nom frappa vivement M. Belton : il regarda fixement Claudine ; et, croyant reconnaître des traits qu'il n'avait pas oubliés, il lui demanda son nom. Je m'appelle Claude, dit-elle. — Et vous êtes de Chamouny ? — Oui, monsieur du village même du Prieuré. — N'avez-vous point d'autre frère ? — Non, monsieur, je n'ai que Benjamin. — Et de sœur point ? — Pardonnez-moi.—Comment s'appelle votre sœur ?—Elle

se nomme Claudine. — Claudine? — Oui,
c'est son nom. —Où est-elle?—Oh! je n'en
sais rien. — Comment pouvez-vous ignorer
cela? —Pour beaucoup de raisons, monsieur,
qui ne vous intéresseraient guère et qui me fe-
raient pleurer. Elle avait en effet les larmes
aux yeux. M. Belton se tut en la considérant.
Claudine l'avertit que son ouvrage était achevé.
M. Belton, qui ne s'en allait point, tire de sa
poche une guinée, et la lui donne d'un air
attendri. Je ne puis vous rendre, lui dit Claudine. Gardez tout, repliqua l'Anglais, et ré-
pondez-moi : Seriez-vous faché de quitter le
métier que vous faites pour entrer dans une
bonne condition? — Cela ne se peut pas,
monsieur. — Pourquoi donc? — Parce que
rien dans le monde ne me ferait quitter mon
frère. — Mais si on le prenait avec vous?
— Cela deviendrait différent. — Hé bien,
Claude, vous êtes à moi : je vous prends à
mon service : vous serez fort heureux dans ma
maison, et votre frère y demeurera. — Monsieur, lui répondit Claudine fort troublée,
ayez la bonté de me donner votre adresse,
j'irai vous parler demain au matin. M. Belton
déchira le dessus d'une lettre, lui fit promet-
tre de ne pas manquer, et continua son chemin
en retournant plusieurs fois la tête.

Claudine avait grand besoin que cette conversation finit ; ses larmes la suffoquaient. Elle
se hâta de gagner sa chambre, et s'y renferma
pour réfléchir à ce qu'elle devait faire. Il lui

Claudine décrotte les souliers de M. Belton.

paraissait dangereux d'entrer au service du
jeune Anglais ; son cœur l'y appelait pourtant,
et le désir de rendre un père à Benjamin était
un puissant motif. D'un autre côté, la ma-
nière dont M. Belton l'avait trompé, la pro-
messe qu'elle avait faite au curé de Salenches
et à elle-même , de fuir toutes les occasions qui
pouvaient menacer sa vertu, la faisaient beaucoup hésiter : mais l'intérêt de Benjamin fut le
plus fort. Claudine après avoir bien réfléchi,
résolut d'aller chez M. Belton , de le servir avec
zèle , de lui faire chérir son fils , mais de lui
cacher soigneusement qu'elle était cette Claudine qu'il avait semblé reconnaître. Elle se
repentit alors d'en avoir peut-être trop dit ,
et se promit bien de ne plus ajouter un seul mot
qui put instruire tout-à-fait l'Anglais.

Ce parti, pris, dès le lendemain au matin
elle se rendit chez M. Belton : elle en fut fort
bien reçue. L'Anglais convint de lui donner
de très-bons gages , la fit loger elle et Benjamin , et donna des ordres pour qu'ils fussent
habillés sur-le-champ. Après ces préliminai-
res , M. Belton voulut reprendre la conversation de la veille, et questionna son nouveau
domestique sur cette sœur dont il avait parlé.
Mais Claudine l'interrompit : Monsieur dit-
elle, ma sœur n'existe plus, elle doit être morte
de misère, de chagrin, de repentir : toute
notre famille a pleuré son malheur ; et ceux
qui ne sont pas nos parens n'ont peut-être pas
le droit de nous rappeler son souvenir si triste.

Belton, plus surpris que jamais du ton, de l'esprit de Claude, cessa dès le moment ses questions ; mais il conçut beaucoup d'estime, et prit une véritable amitié pour ce singulier jeune homme.

Claude devint dans peu de temps le favori de son maître. Le petit Benjamin, vers lequel M. Belton se sentait attiré par un charme involontaire, était sans cesse dans sa chambre, et l'Anglais le comblait de présens. L'aimable enfant, qui semblait deviner qu'il devait le jour à M. Belton, l'aimait presque autant qu'il aimait Claudine, et le lui disait avec une grâce, avec des caresses si naïves, que l'Anglais ne pouvait plus se passer de Benjamin. Claudine en pleurait de joie ; mais elle cachait ses larmes, elle redoublait de soins pour n'être pas reconnue. La dissipation de M. Belton, ses liaisons, ses amours avec plusieurs femmes de Turin, affligeaient le cœur de Claudine, et lui faisaient craindre que le moment de se découvrir n'arrivât peut-être jamais.

En effet, M. Belton, que la mort de ses parens laissait maître à dix-neuf ans d'une très-grande fortune, l'avait employée jusqu'alors à parcourir l'Italie, s'arrêtant partout où il s'amusait, c'est-à-dire, partout où il trouvait des femmes qui lui plaisaient, le trompaient et le ruinaient. Une dame de la cour de Turin, assez âgée, mais encore belle, était alors sa maîtresse Cette femme, vive, emportée, était fort jalouse de M. Belton.

Elle exigeait que tous les soirs il vînt souper
avec elle, et qu'il lui écrivît tous les matins.
L'Anglais n'osait pas y manquer; encore y
avait-il souvent des querelles, des brouilleries:
pour la moindre chose la dame voulait se tuer,
prenait un couteau, pleurait, s'arrachait les
cheveux, et jouait des comédies qui commen-
çaient à ennuyer M. Belton. Claude voyait
tout cela, car les soirs il accompagnait son
maître: il le servait à table, et les matins c'é-
tait lui qui portait ses lettres à la dame. Son
pauvre cœur en souffrait assez; mais il souffrait sans rien dire; il obéissait à M. Belton,
qui lui marquait tous les jours plus de confiance, et se plaignait souvent à lui de la triste et
fatigante vie qu'il menait. Claude risquait alors
quelques petits conseils, moitié gais, moitié
sérieux, que son maître écoutait en les approu-
vant, en promettant d'en profiter; le lendemain arrivait, M. Belton retournait chez sa
dame, plus par habitude que par amour;
et Claude, qui pleurait en secret, faisait
semblant de sourire en accompagnant son
maître.

Quelques mois se passèrent ainsi: enfin il
vint une querelle si forte entre l'Anglais et la
marquise, que celui-ci, résolu de ne plus retourner chez elle, se lia, pour s'en empêcher,
avec une autre dame de la ville, qui ne valait
guère mieux que celle qu'il abandonnait. Claudine ne trouva dans ce changement qu'un
nouveau sujet d'affliction. Tout ce qu'elle avait

dit, tout ce qu'elle avait fait était à recommencer. Elle s'y résigna sans se plaindre ; et toujours aussi soumise, aussi douce, aussi attachée à son maître, elle écoute ses nouvelles confidences, et le servit avec la même fidélité.

Mais la marquise n'était pas d'humeur à céder ainsi le cœur de son Anglais. Elle le fit épier, découvrit bientôt sa rivale ; et, résolue de tout employer pour ramener ou pour punir M. Belton, elle épuisa d'abord toutes les ressources de la finesse, de l'intrigue, pour le faire revenir chez elle. Ses efforts furent inutiles. L'Anglais ne répondit point à ses lettres, refusa ses rendez-vous, se moqua de ses menaces. La marquise désespérée ne s'occupa que de se venger.

Un jour que, selon sa coutume, M. Belton, suivi de Claudine, sortait à deux heures du matin de chez sa nouvelle maîtresse et que, déjà mécontent d'elle, il disait à son fidèle Claude qu'il avait grande envie de retourner à Londres, tout-à-coup quatre scélérats, cachés au détour d'une rue, tombent avec des poignards sur M. Belton, qui n'eut que le temps de se jeter contre le mur, en mettant l'épée à la main. Claudine à la vue des assassins, s'était précipitée devant son maître, et avait reçu dans la poitrine le coup de poignard qui devait frapper M. Belton : elle était tombée aussitôt. L'Anglais, poussant des cris de fureur, court sur celui qui l'a blessée, le jette sur le carreau,

et attaque les trois autres avec tant de vivacité,
qu'ils prennent la fuite. M. Belton ne les pour-
suit point, il revient à son domestique, le relève, l'embrasse, l'appelle en pleurant; mais
Claudine ne répond point, Claudine est éva-
nouie. M. Belton la prend dans ses bras, la
porte à son hôtel qui n'était pas loin, va la
déposer sur son propre lit; et, tandis que tous
ses gens courent par son ordre, chercher un
chirurgien, M. Belton, impatient de voir si la
blessure est considérable, déboutonne la veste
de Claudine, écarte la chemise pleine de sang,
regarde, et demeure stupéfait en voyant le
sein d'une femme.

Dans ce même instant le chirurgien arrive;
il visite la plaie : elle n'est pas mortelle : le
poignard avait glissé sur l'os. Mais Claudine ne
revient point : on la panse : on lui fait res-
pirer des eaux fortes. M. Belton, qui lui sou-
tenait la tête, aperçoit un cordon qui lui pend
au cou; il tire ce cordon, voit une bague......
C'est la sienne; c'est la même qu'il avait laissée
sur le Montanverd à cette jolie bergère qu'il
abandonna si cruellement. Tout est reconnu;
tout est éclairci; mais M. Belton se contient:
il fait venir une garde qui déshabille Claudine,
qui la porte dans son lit, et la pauvre fille, en
reprenant enfin connaissance, promène des
yeux étonnés sur la garde, sur le chirurgien,
sur son maître et sur Benjamin, qui, réveillé
par tout ce bruit, s'était levé demi-nu pour
courir auprès de son frère, qu'il embrassait en
poussant des cris.

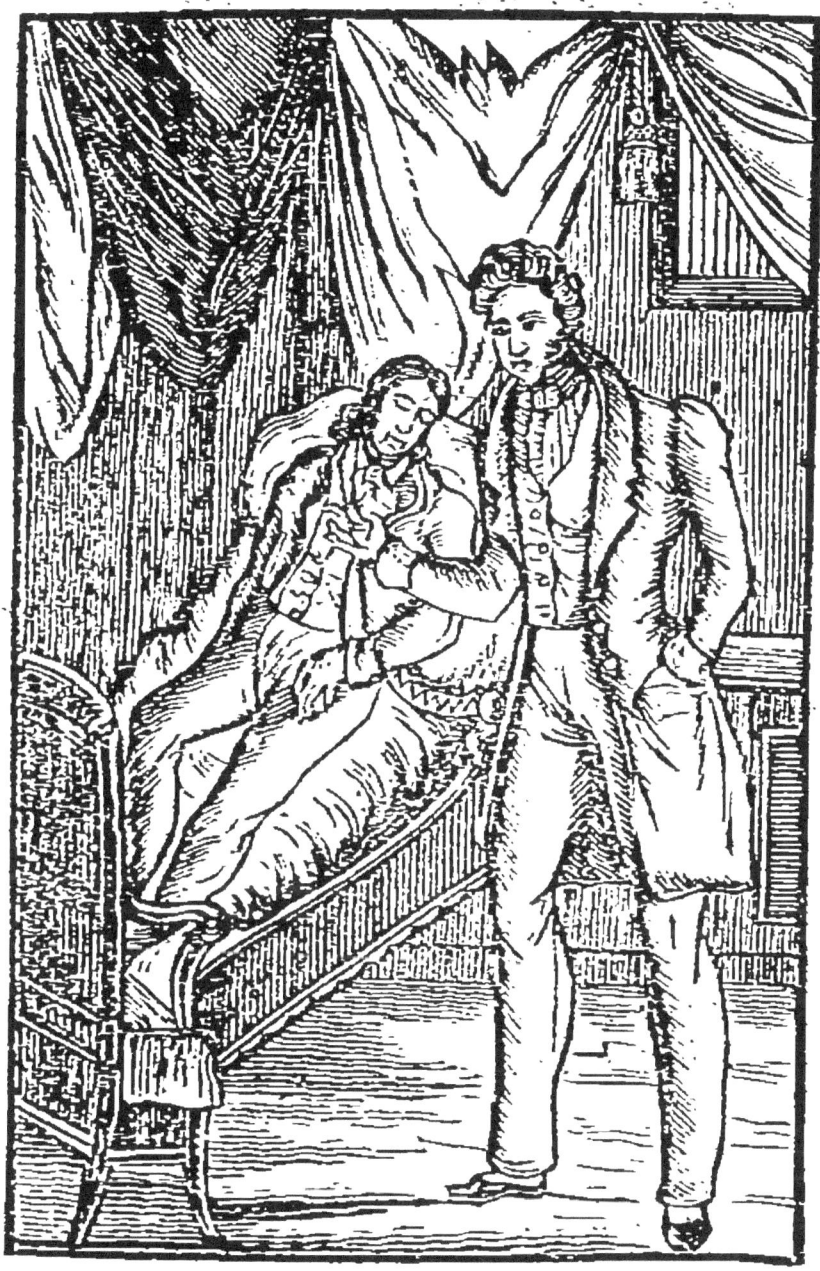

M. Belton voit au cou de Claudine un cordon
auquel était suspendue une bague... C'était là la
sienne. Il reconnut Claudine et l'épousa.

Le premier mouvement de Claudine fut de consoler Benjamin. Ensuite, se rappelant ce qui lui était arrivé, se voyant dans un lit, et réfléchissant avec inquiétude qu'on l'avait déshabillée, elle porta vivement sa main au cordon qui tenait sa bague. M. Belton, qui l'examinait, lut dans ses regards le plaisir qu'elle sentit en le retrouvant. Il fit aussitôt sortir tout le monde ; et se mettant à genoux auprès du lit, en prenant la main de Claudine :

Calmez-vous, lui dit-il, calmez-vous: je sais tout, ma chère amie, et c'est pour notre bonheur à tous deux. Vous êtes Claudine, et je fus un monstre. Je n'ai qu'un moyen de cesser de l'être, vous seule pouvez me le procurer. Je vous dois déjà la vie, je veux vous devoir encore l'honneur : oui, l'honneur ; car c'est moi qui l'ai perdu, et non pas vous. Votre blessure n'est pas dangereuse ; vous serez dans peu rétablie. Aussitôt que vous pourrez sortir, vous viendrez à l'autel me donner le nom d'époux, me pardonner un crime affreux que je suis loin de me pardonner à moi-même. Ce mariage, que je demande, que je sollicite à genoux, doit m'honorer, doit m'ennoblir aux yeux de ceux qui connaissent la vertu. Je l'oubliai long-temps, Claudine, cette vertu si aimable ; mais elle m'en devient plus chère, quand c'est vous qui lui rendez mon cœur.

Jugez de l'étonnement, de la joie, des transports de Claudine. Elle voulait parler, ses pleurs l'en empêchaient. Elle aperçut alors le petit Benjamin, qu'on avait fait sortir avec les autres, et qui, inquiet de son frère, entr'ouvrait tout doucement la porte, et avançait son joli visage pour voir ce qui se passait dans la chambre. Claudine le montre à M. Belton, en lui disant : Voilà votre fils ; il vous répondra mieux que moi. L'Anglais se précipite vers Benjamin, le prend dans ses bras, le couvre de baisers; et, le portant à sa mère, il passa le reste de la nuit entre sa femme et son enfant dans un contentement de cœur qu'il n'avait pas encore connu.

Au bout de quinze jours Claudine fut rétablie. Elle avait instruit M. Belton de tout ce qui lui était arrivé. Ce récit ne l'avait rendue que plus chère au jeune Anglais, qui en était bien plus amoureux que la première fois qu'il l'avait vue. Dès qu'elle put soutenir le voyage, Claudine, habillée en femme, mais vêtue fort modestement, monta dans la voiture de l'Anglais avec le petit Benjamin : et tous trois, selon leur nouveau projet, allèrent droit à Salenches descendre chez M. le curé. Ce bon pasteur ne reconnut point Claudine. L'Anglais s'amusa quelque temps de son embarras. Enfin Claudine, en l'embrassant, lui rappela tous ses bienfaits, et l'instruisit du motif de leur voyage. Le bon curé bénit le ciel ; il courut chercher la vieille madame Félix, qui vivait encore, et qui pensa mourir de joie en revoyant Claudine et Benjamin. Dès le lende-

main ils partirent tous pour se rendre à Chamouny, où M. Belton, qui était catholique,
voulut que le mariage se fit publiquement
dans la paroisse du Prieuré.

Dès le soir de leur arrivée, le jeune Anglais
envoya M. le curé de Salenches chez le redou-
table M. Simon, pour lui demander la main
de sa fille. Le viellard le reçut avec gravité,
l'écouta sans témoigner beaucoup de joie, et
ne répondit que deux ou trois mots en donnant
son consentement. Claudine vint se jeter à ses
pieds : le viellard l'y laissa quelques instans,
la releva sans sourire, l'embrassa sans la ser-
rer, et salua froidement M. Belton. La bonne
Nanette qu'on avait appelée, au moment de
l'arrivée de Claudine, pleurait et riait toujours.
Quand on se mit en chemin pour l'église, elle
portait sur un bras Benjamin, de l'autre côté
tenait sa sœur, les deux curés marchaient devant, la vieille madame Félix derrière, avec
M. Simon qu'elle grondait, et tous les enfans
du village suivaient en chantant des chan-
sons.

On se rendit ainsi à la paroisse, où M. le
curé de Chamouny laissa dire la messe au curé
de Salenches. La noce fut belle : tout le village
dansa pendant huit jours. M. Belton avait fait
dresser des tables dans la prairie, au bord de
l'Arve, où venait s'asseoir qui voulait. Il acheta
de bonnes terres pour le vieux M. Simon : mais
celui-ci refusa de les accepter, et se fâcha
même contre notre curé qui lui reprochait ce

refus. Nanette ne fut pas si dure, elle prit ces terres et une jolie maison que M. Belton lui donna : elle est à présent la plus riche et la plus heureuse de notre village. M. et madame Belton s'en retournèrent au bout d'un mois, emportant avec eux les bénédictions de tout le monde : Ils sont à Londres, où M. Benjamin a déjà cinq ou six frères ou sœurs.

FIN.

IMPRIMERIE DE TH. - FRED. DECKHERR A MONTBÉLIARD.

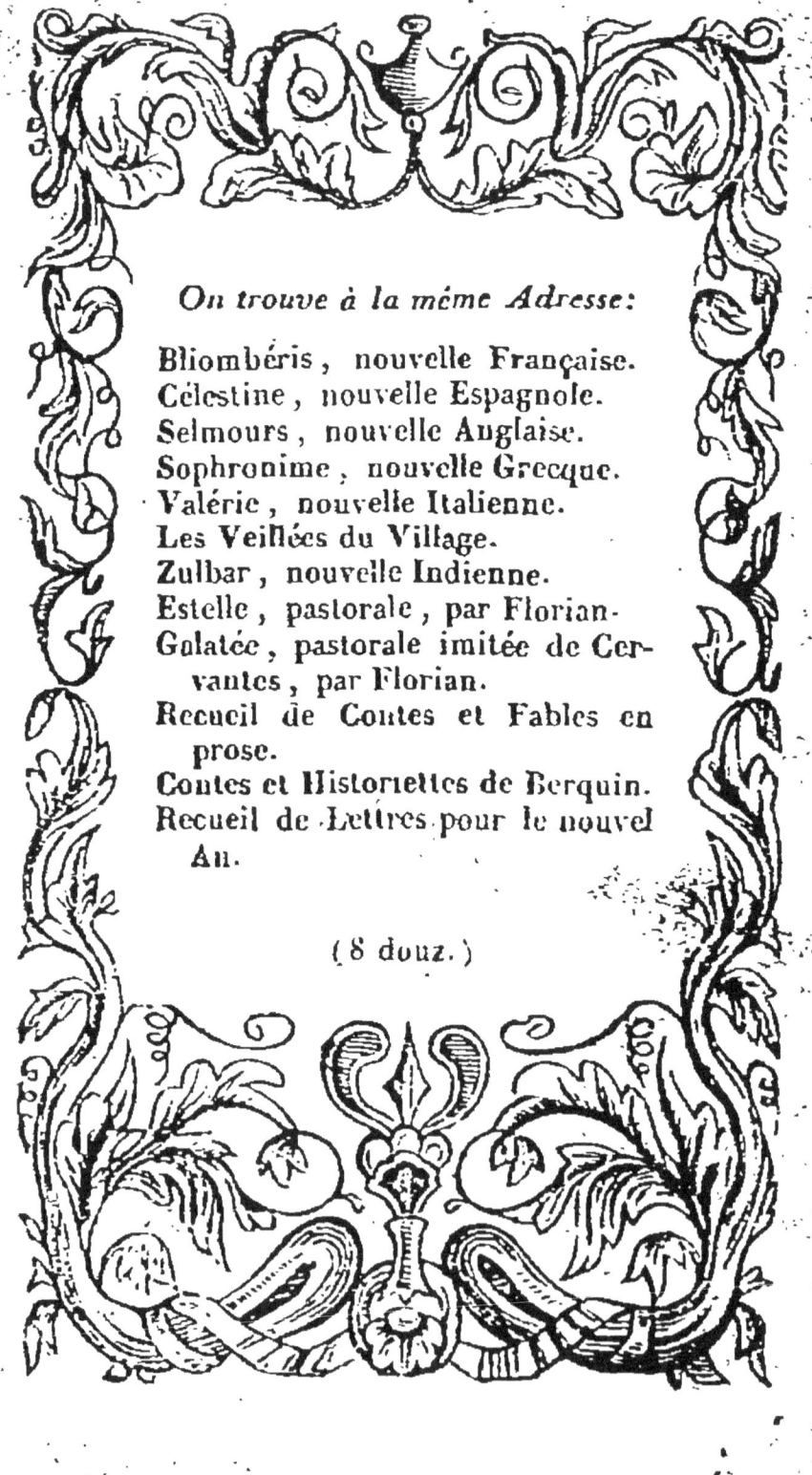

On trouve à la même Adresse:

Bliombéris, nouvelle Française.
Célestine, nouvelle Espagnole.
Selmours, nouvelle Anglaise.
Sophronime, nouvelle Grecque.
Valérie, nouvelle Italienne.
Les Veillées du Village.
Zulbar, nouvelle Indienne.
Estelle, pastorale, par Florian.
Galatée, pastorale imitée de Cervantes, par Florian.
Recueil de Contes et Fables en prose.
Contes et Historiettes de Berquin.
Recueil de Lettres pour le nouvel An.

(8 douz.)

www.ingramcontent.com/pod-product-compliance
Lightning Source LLC
Chambersburg PA
CBHW060849180626

46818CB00004B/1638